화장실에서 읽는
향기로운 감성 유머

똥 쌀 때 읽는 책

두 번째

유태오

+ 이 책은 생성형 AI로 만들어진 이미지로 꾸며졌습니다.

똥 쌀 때 읽는 책

펴낸날 2024년 3월 20일

지은이 유태오
펴낸이 주계수 | **편집책임** 이슬기 | **꾸민이** 이슬기

펴낸곳 밥북 | **출판등록** 제 2014-000085 호
주소 서울시 마포구 양화로 7길 47 상훈빌딩 2층
전화 02-6925-0370 | **팩스** 02-6925-0380
홈페이지 www.bobbook.co.kr | **이메일** bobbook@hanmail.net

© 유태오, 2024.
ISBN 979-11-7223-012-8 (03810)

이 책은…

이 책은 서재의 책장이 아니라 책꽂이가 아니라

화장실 변기 옆에 두고 쉽게 보는 책입니다.

그냥 보통의 카피라이터가 생각이 그리 깊지도, 그리 넓지도 않게 써놓은

아주 가볍게 읽고 편하게 소화시키는

소설도, 에세이도, 시도 아닌 그냥 낙서 같은 책이기 때문입니다.

그래도, 힘든 시기를 겪고 있는 청춘들에게 하고 싶은 말과

스마트폰으로 인해 점점 멀어지는 사람과 가족에 관한 이야기라든지

사회에서 겪게 되는 불만과 어려움

또는, 우리가 잃어버리고 사는 것에 관한 이야기를

나와 같이 걱정이 많은 이 시대의 사람들과 공감할 수 있는

생각의 토막토막이니 함께 고민해주시고 봐주면 감사하겠습니다.

다만, 한 가지는 너무 빨리 읽지 마시고

화장실에서 큰일 볼 때만 꺼내 한두 페이지씩만 짧게 봐주십시오.

화장실이 아이디어가 잘 생각나는 3B(Bed, Bus, Bath)의 한 곳이기도 하니

화장실에서 볼 때 가장 의미 있는 책일지도 모릅니다.

가장 재미있는 책일지도 모릅니다.

그럼, 우리 함께 소통해볼까요.

감사합니다.

나는 믿습니다.

『똥 쌀 때 읽는 책』이

당신의 생활을 더 가치 있게 만들었다고

그보다 화장실에서 똥을 누며, 시간을 보내며

아직까지 발견한 못한 새로움이 남아 있었다고 생각합니다.

똥 쌀 때 읽는 책 2는 스마트폰으로 인해 점점 멀어지는 사람과

사회에서 겪게 되는 불만과 어려움 이외에

제가 살아가는 이야기와 낙서 같이 써놓은 시,

제가 광고할 때 이야기 그리고 1편에서 담지 못했던 숨은 이야기까지

저는 이 책이 여러분의 일상을 더 풍요롭게 할 거라 기대해 봅니다.

자, 여기는 『똥 쌀 때 읽는 책 - 두 번째』입니다.

2장 천천히 걷고 싶다

3장 태도가 사람을 말한다

4장 박수가 필요해

똥쌀때
읽는책

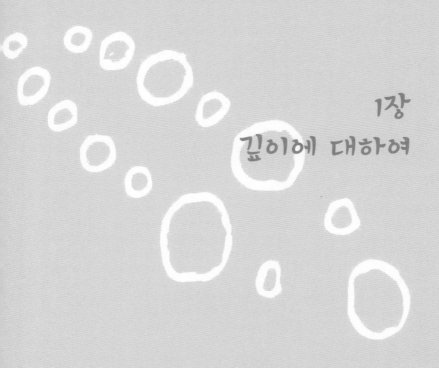

1장

깊이에 대하여

아빠들에게

영하 10도의 한겨울
음식물쓰레기 봉지의 찢어짐에

체온도
체면도
지킬 수 없는 당신에게
용기를 드리고 싶습니다.

야근하고 힘들게 퇴근한 당신
쓰레기 분리수거를 부탁하는 아내의 심부름에

기운도
기분도
날려버린 당신에게
희망을 선물하고 싶습니다.

할아버지의 집과 아버지의 집

부산에 살 때다.

그땐 주말마다 할아버지와 할머니가 오라고 하지 않아도 동생의 손을 잡고 버스를 타고 토요일마다 그 집으로 놀러 갔다.

장난감도 교육 도구도 아무것도 없던 집,

할아버지와 할머니만 계시던 그 집.

그래도 그 옛날 집엔 따스함이 있었다.

즐거움이 있었다.

행복이 있었다.

웃음이 있었다.

이야기가 있었다.

결혼을 하고 백수가 되어 놀고 있는 나에게

아버지는 집으로 놀러 오라고 하신다.

마지 못해 가는 가까운 집, 차만 타면 금방 도착하는 집.

학교 다닐 때 보던 책도, 가지고 놀던 장난감도, 장식품도

아직 그대로 있지만 이 집엔 따스함이 없다.

즐거움이 없다.

행복이 없다.

웃음이 없다.

이야기가 없다.

결혼해서 한 집안을 책임지고 있는, 낼모레면 오십인 아들에게 쏟아
내는 지겨운 잔소리만 있다.

샤워 좀 자주 해라, 속옷 자주 갈아입어라, 수염은 좀 깎아라.

이제는 모두 돌아가신 할아버지와 할머니.

실패와 성공

어떤 일에 도전해서 그 일도 성과를 내고, 무언가를 배웠다면
그것은 성공이고,
어떤 일에 도전해서 그 일도 성과만 내고, 무언가를 배우지 못했다면
그것도 성공이고,
어떤 일에 도전해서 그 일에 성과를 내지 못하고, 무언가를 배웠다면
그것도 성공이고,
어떤 일에 도전해서 그 일에 성과를 내지 못하고,
아무것도 배우지 못했다 해도
그것은 성공이다.
성공과 실패의 차이는 그런 것이 아니다.
당장 나타나지 않더라도
무엇을 했다면 성공을 했을 것이다.
지금 하는 일에 있다.

실패는 모두 성공을 향해 가는 과정일 뿐이다.

행복은
현금처럼

행복을 돈처럼 쌓아두고 꺼내 쓰면 얼마나 좋을까?

그러나, 행복은 쌓아두고 마지막에 찾아 쓰는 적금이 아니다.

무슨 일이 있어도 큰일이 있어도 깨지 않고

우리는 그것을 위해 착실히 일하고, 알뜰히 살아간다.

그러나 행복이라는 녀석은 다르다.

항상 곁에 두고 쉽게 사용하는 현금처럼 써야 한다.

그래야 그 행복이 적금처럼 부풀어 간다.

행복, 웃음, 편안, 휴식처럼

행복은 적금이 아니다.

행복은 현금이다.

스펙

진짜 스펙은

나만 아는 이야기일지도 모릅니다.

누군가에게 말하면

"에이 그게 뭐야"라는 말을 듣게 되는 것일지도 모릅니다.

알려져 있는 않지만

사람에겐 누구나 저력이 있고

그건 쉽게 드러나지 않는 거니까요.

아무리 사소한 것이라도 자부심을 가지세요.

그것이 당신에겐 숨겨진 비장의 무기입니다.

진짜 스펙은
종이 위에 쓰여지는 것이 아닙니다.

혀

전혀 모른다.
전혀 알 수 없다.
전혀 못 해요.
전혀요.

혀가 가지고 있는 무게와 강도는 어마어마 혀죠.
함부로 아무 말이나 툭 내뱉고,
심지어 가진 능력을 헤치는 말을 조심혀라.
아주 조금의 가능성만 있다면 그걸로 GO!
우리의 잠재력이란 이런 것이다.

설치는 혀는 잡고
잠재력은 키우고

한 번 더

득도를
해낸 명창이
가장 많이 하는 말은 아마도
"한 번 더"가 아닐까?
어느 정도의 경지에 이른 사람은
자신의 위치를 쉽게 그만두지 않는다.
쉽게 놓아주는 법이 없다.
우리도 한번 해보자.
나를 만들 나의 또 다른 무기가
될 수도 있으니까.

지금까지 해온 것
한 번만 더 해보자.

친구

오래된 친구는 오랫동안 관리해야 하고,
평범한 친구는 평범하게 관리해야 하고,
민감한 친구는 민감하게 관리해야 하고,
어려운 친구는 어렵게 관리해야 하고,
예민한 친구는 예민하게 관리해야 하고,
진실한 친구는 진실하게 관리해야 하고,
둥그런 친구는 둥글게, 표족한 친구는 표족하게,
까칠한 친구는 까칠하게 관리해야 한다.

친구는 그냥 성립하지 않는다.
우정이나 의리만큼 돈과 시간, 철저한 노력이 필요하다.
온 마음을 해야 친구 관계는 성립된다.

겨울의 산

서른 후반은 궁금하다.
가던 길을 계속 가자니 억울하고
새 길을 다시 가자니 겁이 나고, 두렵다.
겨울의 산은 나에게
이렇게 말한다.

떨지 말고
용기 있게 가라.

깊이에 대하여

높이 올라간

인생일수록

내려가는 길도

한없이

깊다는 진실

오르는 것만 애쓰지 마라.

결국엔

누구나 내려올 수밖에 없는 길이다.

모두가 거기서 다시 만난다.

나는 지금 27살 사회생활을 시작할 무렵으로 다시 돌아왔다.

서울 가면 회 읎다

오래되 보이는 검은 고무통 뒤집어 깔고 앉아

큰 손주, 작은 손주 때를 민다.

미꾸라지 같은 놈들 엎어다 놓고

더운물 부어가며 때를 민다.

서울로 이사간다는 아들네 마지막 밤,

"서울에는 회 읎다. 회 묵고 싶으면 부산 온나. 알긋제…"

일주일에 한 번씩 할아버지는 전화하신다.

할아버지가 전화하는 날은 우는 날이 된다.

할아버지 헛기침 소리는 우는 소리다.

"거기 잘 있나! 흠, 흠…"

할아버지 기침 소리는 또 우리를 울리고 만다.

큰 손주 놈이 몹쓸 병 걸렸을 때도 할아버지는 기침만 하셨다.

아무 말씀 없으시고 헛기침만 하신다…

세상을 가깝게 하는 기술

대한민국 통신사들이 속도를 경쟁하는 동안
사람이 편해진 것도 있지만, 오히려 사람들이 더 외로워졌다.
얼굴을 마주하는 시간이 줄었고
대화를 나누는 공간과 장소는 더 줄었다.
이제는 '속도'의 기술을
'함께'의 기술로 바꿔야 하지 않을까?

시간과 공간을 뛰어넘는 기술로
사람과 사람의 거리를 더 좁혀야 하지 않을까?

낮술

술은 뭐니해도 낮술이 최고입니다.
낮술을 마시면 좋은 점 많습니다.
그중 가장 좋은 점은
하루가 느리게 흘러간다는 것입니다.

- 박광수의 『t 광수생각』 中

낯술은 그렇다.

답답한 회사 내에서도 소통을 목적으로 하는 자유로운 회사에서도 팀원들의 고충을 들어줄 수도 있고, 무기력한 일상에 활력이 되기도 했다. 나는 참 좋아했다. 아니 그리고 사랑했다. 낯술의 진짜 장점은 시꺼멓고 매력 없는 내 얼굴에 분홍빛 미소를 띠게 한다는 데 있다. 낯술을 먹으면 그냥 그런 인생에도 왠지 성공이 찾아오는 기분이 든다.

낯술이 좋아지면
술낯이 좋아진다.

Bear

우리는 늘 비어 있다.

직장. 연봉. 사랑. 우정. 여행. 휴식. 책. 열정. 뜨거움. 새로움

그리고 우리 가슴 속의 꿈까지 앞으로 나아가고자 하는 청춘이라면

더욱 더 그 비움이 크고. 안타까울 것이다.

늘 비어있는 그대들과

오늘은 Beer를 마시고 싶다.

- 똥 살때 읽는 책1 중에서

오늘은
[휴식]이
비어있는 그대에게
Bear를 주고싶다

오늘은
[새로움]이
비어있는 그대에게
Bear를 주고싶다

오늘은
[친구]가
비어있는 그대에게
Bear를 주고싶다

오늘은
[그리움]이
비어있는 그대에게
Bear를 주고싶다

재춘이 엄마

- 윤제림

재춘이 엄마가 이 바닷가에 조개구이집을 낼 때
생각이 모자라서, 그보다 더 멋진 이름이 없어서
그냥 '재춘이네'라는 간판을 단 것은 아니다.
재춘이 엄마뿐이 아니다.
보아라, 저 갑수네, 병섭이네, 상규네, 병호네,

재춘이 엄마가 저 간월암 같은 절에 가서
기왓장에 이름을 쓸 때,
생각나는 이름이 재춘이밖에 없어서
'김재춘'이라고만 써놓고 오는 것은 아니다.
재춘이 엄마만 그러는 게 아니다.
가서 보아라, 갑수 엄마가 쓴 최갑수, 병섭이 엄마가 쓴 서병섭,
상규 엄마가 쓴 김상규, 병호 엄마가 쓴 엄병호,
재춘아, 공부 잘해라!

다들 잘 알고 계시는 SK 광고에 등장했던 시입니다.

저는 평소에 광고는 두 가지로 크게 나누어진다고 생각합니다.

하나는 사람을 울리는 휴먼 광고,

또 하나는 사람을 웃기는 유머 광고.

그런 점으로 따져보면 이 시는

휴먼 광고에 아주 적합한 시입니다.

마음을 움직이는 것은 거창한 것이 아니라

아주 작은 발견에서 시작하는 것이 아닐까 하는 생각이 들었습니다.

사람을 울리는 것은

아주 작은 한 마디입니다.

맛있게 보이는 방법

빵의 간격은

몇 센티로 두어야

더 맛있게 보이는지

잘 나가는 빵을 앞에 두어야 하는지, 뒤에 놓아야 하는지

샘플은 얼마나 준비해야 하는지

빵을 비추는 조명은

어떤 색으로 써야 하는지

우리 집 앞에서 빵집을 오픈한

저 빵집 아저씨가 내 말을

조금이나마 알아들었으면 좋겠습니다.

맛있게 보이는 방법과

멋있게 보이는 방법은 다르다.

맛있게 보이는 방법 2

고객이 오기 직전
어느 시간에
내다 놓아야 하는지
어떤 동선이 빵을 더 맛있게 보이게 하는지
빵의 온도는 몇 도를 유지해야 하는지
우리 집 앞에 오픈한 그 빵집은
빵, 그 이상을 연구해야 합니다.

수고하십니다.
아저씨

아홉이라는 나이

19살이 한 살을 더 먹는다는 것은 17살, 18살의 그것과 다르다.
청소년에서 '소년'을 떼고 '춘'이라는 글자로 바꾸는 한 살이며
푸른 설렘을 처음 먹는 한 살 이기도 하다.

29살이 한 살을 더 먹는다는 것은 그동안의 20대와는 다르다.
세상의 기대를 한 몸에 떠받는 한 살이기도 하며
내 안에 가장 뜨거움을 처음 먹는 한 살 이기도 하다.

39살이 한 살을 더 먹는다는 것은 30살의 그것과 다르다.
진짜 어른으로 가는 자격을 부여받는 한 살이기도 하며
인생의 멋을 처음 먹어보는 한 살 이기도 하다.

49살이 한 살을 더 먹는다는 것은 40대의 그것과 다르다.
인생의 반을 잘 살아온 칭찬의 나이이고, 박수의 나이이기도 하며
더 깊어진 인생의 진맛을 보는 한 살 이기도 하다.

나이는 점점 맛있어진다.

어느 레스토랑

입맛이 까다로운 사람도
지갑이 가벼운 사람도
공간이 필요한 사람도
시간이 없는 사람도
아침을 먹지 않는 사람도
분위기를 따지는 사람도
셀카를 좋아하는 사람도
배가 고픈 사람도
배가 부른 사람도

누구나 쉽게 갈 수 있는 레스토랑이
현재, 대한민국에 있을까요?

어느 레스토랑2

장사를 하는 사람도
회사에 다니는 사람도
공부를 하는 사람도
그냥 노는 사람도
여행을 하는 사람도
학교를 휴학한 사람도
바쁜 사람도
알바를 하는 사람도
힘든 업무를 하고 있는 사람도

누구나 쉽게 갈 수 있는 레스토랑이
현재, 대한민국에 있을까요?

가장 부끄러운 수입품

헌혈, 해보셨나요?

저출산, 고령화 등과 더불어 요즘 헌혈을 기피하는 현상 때문에 의학 용품에 필요한 혈장 성분은 이미 수입에 의존하고 있다고 합니다.

혈액을 자급자족하기 위해서는 연간 약 300만 명 이상의 헌혈자가 필요합니다.

당당한 혈액이 있는가 하면 부끄러운 혈액도 있습니다.

혈액,
가장 부끄러운 수입품입니다

와이프의 꿈

판매액이 기준이라면
1등이 아니어도 좋습니다.

손님 수가 기준이라면
1등이 아니어도 좋습니다.

배달 수가 주문 수가 기준이라면
1등이 아니어도 좋습니다.

그 기준이
고객 혼자 즐기는 조용한 시간이라면,
사람들과 공유하는 친한 공간이라면,
나의 만족은 그걸로 충분합니다.

+ 제가 회사를 그만두고부터 와이프가 동네 매장에서 작은 식당을 운영합니다. 잘 되어서
  1등 하라는 말보다 혼자 사색하고 사람들과 공유하는 시간이 많았으면 좋겠습니다.

와이프의 꿈2

저 연인들의 달콤한 속삭임에
어울리는 음악이 무엇인지

저 만찢남에게 적합한 공간은
창가가 좋은지, 구석이 좋은지

어떤 색상의 조명과 필름지가
당신의 시간을 더 편안하게 하는지
와이프가 꾸려갈 작은 떡볶이집은
떡볶이만 파는 곳이 아니었으면 좋겠습니다.

시간도 팔고, 공간도 팔고, 여유도 팔고
차가움보다는 뜨거움을 파는 곳이었으면 좋겠습니다.

와이프의 꿈3

무거운 지갑을 잊게 하는 세트
시간을 느리게 하는 세트
대화를 이어주는 세트
여유가 가득한 세트
행복이 메인이 되는 세트
뜨거움과 열정이 가득한 세트
그냥 웃음 짓게 하는 세트

와이프가 꾸며가는 작은 떡볶이집은
이런 세트가 많은 곳이면 좋겠습니다.

와이프의 꿈4

그냥 한 끼의 식사이라기보다
잠시의 여유이고 싶다.
편안한 휴식이고 싶다.
따뜻한 대화이고 싶다.
잔잔한 추억이고 싶다.
그윽한 추억이고 싶다.

와이프가 꾸며가는 작은 떡볶이집은
그냥 식당이 아니었으면 좋겠습니다.

행복하세요

뜬금없이 캔 음료 자주 건네시던 황 대리님
다 버렸어요, 종이학 접어주셨던 정 차장님
시 베끼지 마세요, 손편지 주셨던 허 대리님
결혼하면 시부모 모시고 살아야 한다던 윤 사원
그동안 저에게 들이댄 분들께
여러분, 미안합니다.
. . .

저, 결혼해요.

+ 회사 다닐 때 친하게 지내는 대리님이 회사에 결혼을 알리는 문구가 필요하다 하시어 재미
  있게 써본 문구인데 지금 보니까 참 어색하네요.

대나무

대나무는 처음 씨앗을 뿌리고 4년이 지나도
씨앗이 올라올 흔적조차 없다고 합니다.
그리곤, 그 씨앗을 묵묵히 보관하다가 4년 후가 되면
그때가 되어야 땅을 박차고 하늘을 향해 올라간다고 합니다.
그 어떤 식물도 흉내 낼 수 없는 속도와 팽창력을 보여준다고 합니다.
그것은 사람의 잠재력과 유사합니다.
묵묵히 시간을 벌어가는 기간과 때를 기다리는 모습은
우리가 때를 기다리는 성숙의 시간과 닮았고
하늘을 향해 팽창하는 것은 성장하는 우리와 닮았습니다.
지금 걱정하지 마세요.
지금 아무것도 하지 못하고 멍하니 웅크리고 있는 것은
때를 기다리는 거라고

우리는 때를 기다리고 있다.

히말라야

산과 사람을 품어주는
히말라야의 빛과 어둠
눈 못 뜨게 할 저 눈부심이여
잠 못 들게 할 그 속삭임이여

언젠가 히말라야 사진전에 올리는 카피를 쓴 적 있었습니다.

결론만 말씀드리자면 광고주께는 보여드리지도 못하고 그냥 접은 적이 있었는데

이때만 해도 히말라야의 K2, 칸첸중가, 안나푸르나, 로체를 마음속으로 정복하면서 쓴 글인데, 정말 아쉬웠습니다.

나는 북한산, 관악산 아니 뒷산이 어울리는 사람이라 그런가?

어떤 단어는 도전하게 만들기도 하고

어떤 단어는 주저하게 만들기도 한다.

목욕탕

"가마히 있으라"
"말 안 들으면 인자 안 데꼬 온데이"

검은색 고무통 깔고 앉아
미꾸라지 같은 손주 녀석의 등을 미는
칠십이 훌쩍 넘은 아버지의 등을 보고
눈물이 때처럼 나왔다.

오늘따라
아버지의 등이 외로워 보였다.

늙음

나이가 좀 있으신 분께 여쭙는다. 지금 제일 억울한 게 무엇이냐고.

이미 지나가 버린 청춘 혹은 젊음에 대한 미련이라고 당연히 대답할 줄 알았다.

아니다. 늙어버린 것이라고 한다. 아무것도 할 수 없음, 늙음.

사실 같은 표현일 수도 있지만, 다시 생각하면 또 틀리다.

야구에 있어서 진짜 야구는 9회 2아웃부터이고 축구에 있어서 진짜 친구는 연장 후반전부터라고 했던가?

늙음에 너무 매이지 말았으면 좋겠다.

이 복잡하고 어지러운 시대가 가장 필요한 건 성능 좋은 컴퓨터가 아닌 진짜 어른이다.

어른이 가장 필요한 시대를 살면서
어른의 가치를 모르고 살아가고 있다.

자신감

'엄마, 나 올랐어요.'
'(자신감)이 올랐어요.'

어쩌면,
우리 엄마들이 가장 기다린 순간은
아이가 성적이 아니라 자신감을 말할 때입니다.
성적보다 자신감을 앞에 두는 공부를 시작해야 합니다.
엄마들이 더 잘 알 것 같습니다.
성적보다 더 앞에 두어야 할 것이 많다는 사실.

자신감 2

아이의 공부를 먼저 생각하는 엄마는
성적을 앞에 두고

아이의 긴 인생을 먼저 생각하는 엄마는
자신감을 앞에 둡니다.

아이의 공부도
아이의 인생도
자신감으로부터 시작하는 것
어머님, 공부 자신감을 먼저 가르쳐주세요.

+ 아이의 성적, 아이의 등수에만 몰두하는 학부모들이 너무나 많습니다. 이제부터 아이의 공
  부보다 자신감에 몰두해보는 건 어떨까요?

로또

로또를 사려면 아무 때나 시도 때도 없이 사지 말고

꼭, 한 주가 시작되는 월요일에 사라.

지갑에 로또가 들어있으면

그 한 주가 푸짐해진다.

로또가 되든 안 되든 그런 건 상관없다.

무조건 로또는

그 주 발표가 끝나고

새 주가 시작하는 월요일에 구입하는 거다.

일주일 동안 로또가 만들어주는 그 가치와 희망을 꿈꾸며 사는 거다.

행복을 오래 누리는 방법

셰르파

셰르파란 히말라야 산악 등반 안내인을 부르는 말로,
히말라야를 오르는 데는 꼭 필요한 사람이다.
등반에 있어서 전반적인 준비상황은 물론
돌아오는 시간과 여행과 연관된 최종 일정까지
모든 것을 공유하고 조언해주는 사람이다.
현재는 히말라야를 오르는 모든 원정대에는
없어서는 안 되는 꼭 필요한 멤버로
히말라야를 오르는 실질적인 등반을 맡고 있다.
히말라야를 오르는 사람뿐 아니라
우리의 꿈, 우리의 열정에도 하나하나 짚어주는 셰르파가 필요하다.
셰르파와 같이 나의 길, 결정, 혹은 인생의 힌트와 문제까지
내 인생을 안내해주는 그런 사람이 필요하다.

누구나 인생에도
셰르파가 필요하다.

백원석

부산에 살 때, 개구리가 한창인 시즌이 되면 친구들과 나는 산으로
들로 뛰어다닌다고 정신이 없었다.
그날도 친구의 동생과 함께 온 산을 누비며 개구리를 잡았다.
그곳 사리암에는 참개구리가 없었고 대부분 얼룩덜룩한 무당개구리
밖에 없었다.
지금 생각하면 징그러워서 머뭇거리겠지만 당시에는 참 즐거웠다.
우리는 들고 간 깊게 팬 고무 대야에 가득 잡아 학교 앞 아저씨들이
가끔 와 병아리를 팔던 장소로 가서 그것들을 소리 높여 팔았다.

한 마리에 백원석~
한 마리에 백원석~
백원석~
백원석~

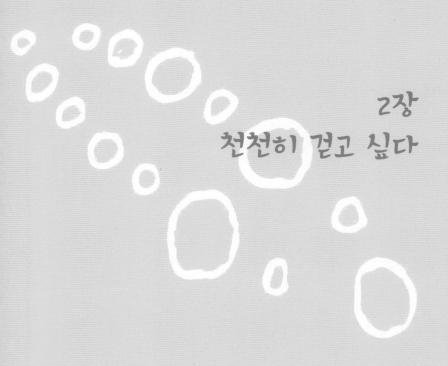

2장
천천히 걷고 싶다

후배의 빵집

광고대행사 후배 한 녀석이 회사를 그만두고
아내와 둘이서 식빵을 전문으로 하는 빵집을 오픈한 적이 있다.
축하하러 간 자리에서 그들의 얼굴을 보았다.
붉게 달아오른 얼굴이
그들의 내일을 말해주고 있었다.

봉긋하게 구워진 빵처럼
그들의 인생도 한껏 부풀어 오르겠지.

삶

우리의 삶이

우리의 인생이

위대하고 아름다운 진짜 이유는

매일매일 일어나는

아주 아주 작은 일들 때문이다.

이것이 하루하루를 살아가게 하는 힘이 된다.

살아가는 게 작은 일들, 아주 사소한 일들이 뭉쳐지고

겹겹이 쌓여서 이루어지는 거잖아요.

좋은 일만 발생한다면 그 좋은 걸 모르잖아요.

살다 보면 씁쓸한 일도,

정말 나쁜 일도,

때론 찾아올 같지 않던
행운도 찾아오잖아요.

너의 뉴스

키가 작은 녀석은
깔창으로 자신의 위상과 덩치를 키우고

매사가 까칠한 놈은
괜한 투덜거림으로 영역을 넓히고

이미 잊혀져 간 옛날 아이돌은
재결합으로 존재감을 높인다.

너는 대체 뭐로
너를 확장시킬래?
한 단계 업그레이드시킬래?

남의 뉴스 볼 시간에
너의 뉴스를 한 번 만들어봐.

아주 늦은 계절

어두워지기 시작할 무렵

집 앞 골목길을 지날 때

어느 집에선가 밝은 불빛, 고등어 굽는 냄새

된장찌개 끓이는 냄새가 풍길 때

나는 눈물이 핑 돌죠.

가족과 멀리 떨어져 지내는 사람들

가족 없이 혼자 사는 사람들

마음이 제일 스산해지는 때가

바로 이맘때,

지금은 아주 늦은 가을입니다.

쪽지로 건넨 사랑

헤어짐이 두려워
사랑을 망설이지 말자.
이별은 먼 훗날 사랑 저 너머의 일이다.

불꽃같은 만남이 아니어서 아니라서
사랑을 망설이지 말자.
뜨거움보다 따뜻함이 더 오래 가지 않는가.
온기로 사랑하자.

네가 날 주저하는 이유

내가 널 망설이는 이유

시간 지나 자연스럽게 돌아오는 계절처럼 받아들이자.

혹, 이것이 사랑이 아닌

우정의 끝자락 일지라도

너라면 해보고 싶다.

+ 보잘것없는 나는 이 쪽지 하나로 결혼에 성공했습니다. 혹시, 사랑을 망설이는 사람이 있다
  면 용기 내어 보세요.

첫사랑

누구나 첫사랑은 있다.

내게도 있었다.

남자가 하나 있었다.

고등학교 1학년 남학생인 나에게 생긴 첫사랑이 남학생이라니.

어디다 말도 못 하고 고민만 한창 하던 시절이었다.

시험 보고 들어간 고등학교라 다들 어느 정도의 재능과 지혜를 가진 학생들이 많았다.

누구에게도 말하지 못하는 고민이 계속되었다.

그러다 군대에 근무하던 작은 삼촌이 집으로 휴가를 왔다.

삼촌은 나에게 어려운 고민을 해결해주던 늘 신비한 사람으로 통했다.

철저히 내 생각.

"삼촌, 고민이 있어요. 같은 반 친구인데, 남자가 좋아졌어요. 하루종일 생각해요."

한참을 듣다가 던진 삼촌의 한마디.

"음, 글나? 그럼, 같이 자고 싶나? 고추도 막 만지고 싶나?"

갑자기 토가 나오려 했다.
그런 시늉을 손짓으로 했던 것 같다.

"그라믄… 아니다."

숫자

혹시, 몇 살이세요?

몸무게는요?

집 평수는 어떻게 됩니까?

학점은 잘 받았나요?

토익은요?

보통 몇 시에 출근하십니까?

저기 핸드폰 번호 좀 알 수 있을까요?

연봉은 얼마입니까?

우리는 숫자에 너무 목을 매고 산다.

숫자가 어떻든, 숫자가 무슨 일을 하든

우리가 전혀 상관할 일이 없다.

행복에는 숫자가 필요 없다.

폼

이런 말이 있다.

야구를 아주 오래 한 노감독님들은 선수의 폼만 보고도

이 선수가 몇 할을 칠지, 몇 개의 홈런을 남길지,

대충 안다고 한다.

어떻게 아는 걸까?

폼에는 숨어있는 기술이 보인다.

이 친구가 얼마나 할지, 저 친구가 어찌해낼지

우리에겐 보이지 않지만

그 분야를 통달한 사람들에게는 보인다.

그래서, 우리 세계에는 어른이 중요하다.

그들은 올해 나의 홈런 개수를, 나의 타율을 이미 알고 있다.

폼 속에는

기술이 숨어있다.

천천히 걷고 싶다

나는
그 누구보다 천천히
앞으로 걸어가고 싶다.
빨리 못 가서도 아니고
달릴 수 없어서도 아니고
인생을 소화시킬 수 없어서도 아니다.
그냥 오늘은
천천히 걷고 싶다.

물

세상에서 가장 물건 혹은 단단한 물건을 아세요?

대부분 다이아몬드로 알고 있다.

아니다, 하지만 우리는 그 답을 알고 있다.

바로 물

물이 그렇게 강하고 생각해본 적 없다.

물로 쇠도 자르고, 유리도 자르고, 다이아몬드도 자른다.

참 우습다.

어쩌면 세상에서 가장 약하고 부드러운 것이

가장 세고 강한 것을 조각낸다.

우리는 늘 피해 보고, 차이는 아주 작은 약자이지만

우리에게도 물이 가진 강함 같은 힘이

숨어있지는 않을까?

인두기

쇠를 뜨겁게 달구어

발그레 불이 들어오면

또 다른 쇠를 지져서 하나의 몸이 되게 하는 인두기

그 인두기는 어쩜,

우리가 흔히 사용하는 인내에서 출발했을지 모르겠다.

무언가가 이루어질 때까지 참고, 견디며

살과 살이 무너져가는 느낌을 받아야

완성되는….

인두기의 인두는 인내에서 왔나 보다.

카피라이터

대학을 다니던 시절, 그때의 광고는 한 편의 영화보다 그 주의 드라마 보다 재미있었다. 다음 편이 나오기 기다리기도 하고, 전편을 가지고 친구들과 담소를 나눌 만큼의 힘이 있었다. 스토리는 늘 멋졌고, 컨셉은 힘이 있었으며, 마지막은 항상 우리가 알던 것을 뒤집었다. 기립박수를 쳤다. 보통의 드라마 보다 백만 영화보다 간절했다.

그것에 비하면 미안하지만 지금의 광고는 쓰레기다. 광고를 만드는 사람들을 욕하는 것은 아니다. 그들과는 상관없이 광고계에 휘몰아친 디지털의 영향이라고 하는 것이 맞을 것이다. 카피라이터가 필요 없는 시대가 되었다. 카피는 카피라이터가 써야 하는 것이다. 요즘 광고는 그렇지 않다. 카피라이터가 설 수 있는 자리가 점점 좁아지고 있다.

하지만, 나는 계속될 거라고 믿지 않는다. 다시, 그 시절 같은 시대가 분명히 다시 올 거다.

힘내라, 대한민국 카피라이터

작은 산 하나를 넘었다

친한 후배 중에 -물론 지금은 카피라이터를 접은 녀석이지만-
이 녀석이 사원 때 쓴 카피가 있다.
신문 광고의 카피이고 헤드 카피만 기억할 뿐이다.
수능 날, 그들을 축하하는 의미의 카피인데

"작은 산 하나를 넘었다"

사원밖에 안 된 카피라이터이지만 이런 생각을 해내다니
수능 때가 되면 그 녀석을 떠올리며 나는 웃음 짓는다.

그런데 살다 보면 매일 만나고 넘고 쓰러지는 것이 산이 아닐까?

산을 만나고 그 산을 밟고 넘어서고 또 다른 산을 넘고.

날마다 산을 만난다.

그 산을 넘고 나아갈 때마다 우리에게는 앞으로 나아가는 힘이 생긴다.

좌절할 수도 있고, 지쳐 쓰러질 수도 있다.

그러나 모든 것이 끝나고 나면 조금 더 자란 우리를 만나게 된다.

힘든 일을 만나게 되면 마음속으로 외쳐라.

"작은 산 하나, 내가 넘어줄게!"

가을과 겨울 사이

사람들이 가을을 좋아하는 이유는
낙엽이 있기 때문일 거다.
푹신하면서도 착착 바스락거리는 느낌
젖은 낙엽 냄새가 코끝까지 파고드는 느낌
계절마다 냄새는 모두 다르고
고유의 향기가 있겠지만
가을과 겨울 사이
지금의 냄새가 지금은 참 좋다.

봄을 타세요?
혹은 가을을 타세요?
저는 4계절 모두를 탑니다.

도박

건전하게 다가가면 즐겁고 달콤할 수 있지만
지나치면 쓰디쓴 절망과 좌절을 맛보게 하는 도박 중독
올바른 실천과 문제의식이 우선될 때
게임은 아름다운 놀이문화로 바로 설 수 있다.
세상은 도박으로 마약으로 너무 중독되었다.
꼭 이상 기후만이 문제가 아니다.
이상 도박, 이상 마약, 이상 성형도 심각한 문제인 것 같다.

첫맛은 달콤하게
끝 맛은 쓰디쓰게

베스트셀러

해마다 연말이 되면 서점들은 올해의 베스트셀러를 발표하고는 한다.

어떤 책이 이런 성과를 누렸고, 또 누구의 책이 얼마 동안이나

1위의 위상을 토했다고 한다.

그렇다면 사람들을 가장 많이 사고,

가장 즐겨봤던 책의 주제는 뭐였을까?

사람들에게 부를 가져다주는 부동산 분야였을까?

모두가 읽고 보는 자기계발과 관련된 책이었을까?

아니면 그냥 흔한 연예 소설류였을까?

그해 가장 많이 팔리고

사람들에 사랑받은 책의 키워드는

꿈이라고 한다.

왜 그리 흔한 주제가 아직도 베스트셀러가 될 수 있을까?

현실이 너무 힘들어서 아닐까, 아직도 사라지지 않고

스멀스멀 나타나고 있는 저 코로나와 같은 팬데믹 때문은 아닐까?

꿈은 참 신기한 것이다.

꿈에는 희망도 있고, 행복도 있고, 큰돈도 있고, 엄청난 약속도 있다.

신비롭고 무한한 에너지를 품고 있다.

대한민국 모두에게는 꿈이라는 거대한 키워드가 있다.

한마디로

우리의 영원한 베스트셀러는

꿈이다.

아버지

세상, 맨 앞에 서기 위해
달려온 것이 아닙니다.

그저 주어진 자리를
목숨처럼 사랑했을 뿐인데

이미 당신은
이 시대가 기다린
한 사람이 되었습니다.

아날로그 시대를 살아오신 아버지,
다시 한 번,
당신께 이 디지털 시대를 부탁합니다.

아버지 2

모두 버리지 않고서는
단 하나도 얻을 수 없는 것
존경,
박수,
자부심,
그래서
더 고독하셨습니다.
그 아날로그 시대를 넘어 이제 디지털 시대에는
우리가 당신을 품어 드리겠습니다.
가장 큰 휴가를
당신께 바칩니다.

세상은 당신을 향합니다.

연필심과 다이아몬드

연필심의 강도와 무르기는 12B부터 10H까지
단계로 나누자면 20단계 정도로 나눌 수 있다.
연필의 강도는 그만큼 견고할 수도, 아주 무를 수도 있다.
반면, 다이아몬드의 강도는 세상에서 가장 단단하며
연필심과는 달리 광채 또한 매우 뛰어나다.
이렇게 두 광물은 전혀 다르지만
놀랍게도 같은 탄소원자로 구성되었다는 공통점이 있다.
우리도 같은 학교, 같은 지역 출신이지만
사회에서 너와 나의 쓰임새는 모두 다르다.
변호사, 검사로 살아가는 친구, 건설업을 운영하며 일하는 친구
당구장을 운영하는 친구, 우리가 다른 건 그런 거다.

단지, 그런 거뿐이다.

평정심

비난에 화나세요?
칭찬에 들뜨세요?
자신을 잘 알고 있는 사람은
똑똑한 사람이 아니라
쉽게 흔들리지 않는 사람입니다.
칭찬에도 경거망동 않고
비난에도 흥분하지 않는
평정심을 몸에 지닌 사람입니다.

테스형~, 나를 알자

태윤이가 왔다

아침부터 부산을 떨어 가며 집을 나섰다.

보름이 훨씬 넘어서 도착한 놈이라 더욱이 목이 멨다.

전화를 한 번 하고 갈 걸…. 급한 마음에 그냥 나선 길

어제처럼 오늘도 문을 닫았으면 어쩌나…

문을 열고 들어가 한국에서 온 짐들을 모아 놓은 곳부터 찾았다.

다른 이들의 짐들은 벌써 찾아가고 내 것 하나만 덩그러니 있다.

설레는 맘으로 상자를 열었는데

그 안에 태윤이가 있더라.

교보문고에서 책 찾아 두리번거리는

내 동생 태윤이도 함께 있더라…

+ 캐나다 벤쿠버에서 잠시 어학연수를 경험한 적이 있을 때 동생이 보내준 영어 테이프를 찾
  으러 연수와 연계된 학원에 그것을 찾으러 갔을 때 있었던 일이다. 지금 생각해도 눈덩이가
  뜨거워진다.

나이테

한겨울을 온전히 보내야 생겨나는 나이테
우리의 삶에 있어서도 각각의 나이테가 있지 않을까?
우리에게 새겨진 나이테는
우리가 견뎌야 하는 삶의 무게 혹은 삶의 흔적이 아닐까?
그러면, 수많은 병마와 싸우고 견디는 나의 나이테는
동갑인 친구의 나이테보다는 훨씬 많은 거 아니야.

마누라

거여, 마천지구에서 가장 예뻤던 초등학생.

공부는 못했어도 솔직했던 동네친구.

갈색 머리에 잠자리 안경을 썼어도 언제나 매력이 넘쳤던 여중생.

볼록한 볼살이 애교 있었던 여고생.

가출 한 번 한 적 없는 보기 드문 여고생.

넘치게 두꺼운 입술도 오히려 섹시한 여자.

화장을 진하게 해도 더 환하게 맑아 보이는 여자.

돈이 없어도 항상 먼저 계산하는 여자.

친구의 아주 긴 전화도 모두 받아주는 여자.

아침마다 항상 꼭 밥 먹고 출근하는 건강한 여자.

간단히 말하자면, 내 마누라.

현재는 잔소리만 겁나게 하는 아줌마.

요즘 돈 못 벌어서 미안하다.

내 사과받아주라, 사랑한다.

직방이란

직방: 효과나 결과가 바로 나타나는 일

벌에 쏘인 덴

된장이 직방

나쁜 상사엔

이직이 직방

추울 땐

커피가 직방

감기 기운엔

소주에 고춧가루가 직방

빨래엔

햇살이 직방

이별 후엔

소개팅이 직방

딸꾹질엔
깜짝이 직방

못난 얼굴엔
애교가 직방

느끼할 땐
김치가 직방

짝사랑엔
고백이 직방

외박할 땐
상갓집이 직방

머리 기를 땐
야한 생각이 직방

진도 나갈 땐
마지막 배가 직방

방귀 뀌었을 땐
오리발이 직방

짝사랑엔
고백이 직방

작업할 땐
강아지가 직방

살다 보면
인생은 직방이 필요할 때가 많다.

풀

때로는 길가에 널브러진 풀처럼 사는 것도 좋다.

수북하게 핀 화려한 꽃보다

잘 정돈된 정원의 장식보다 좋다.

길가의 풀, 그것은 나의 자존감을 높일 수 있다.

풀은

아무리 흔들리고, 비에 젖고, 짓밟혀도

다시 일어나는 힘을 가졌으니까, 잠재력을 가졌으니까,

저력이 있으니까.

두 번의 뇌종양에, 세 번의 뇌졸중

그래도, 나는 또 일어난다.

자, 어서 밟아보거라.

나는 반드시 일어난다.

정성으로 담아낸 초콜릿 상자

여기 이 책에는 초콜릿 상자처럼 달콤하게 혹은 부드럽게
다양한 맛과 풍미로 당신을 기분을 좋게 했던 이야기가 가득 들어있
습니다.
때론 놀라운 이야기로
때론 새로운 문화와 앞서가는 트렌드로

본성

본성이 단단하면 휘어지지 않는다.

중심이 곧으면 흔들지 않는다.

안을 비우면 넘치지 않는다.

나는 어떤 사람이고
그들에게 난 누구일까?

2023년 대나무숲에 놀러 와서
내 주변의 사람들을 생각해봅니다.

디지로그

폰만 열면 화상통화가 가능한데
진짜 얼굴은 볼 시간은 없고
페북 친구나 블로거 친구, 인스타 친구들은 300명에 가까운데
내가 사는 아파트에 누가 사는지도 모른다.
당연히 옆집 사람 얼굴도 모른다.

디지털 시대로 갈아타고 있는 이 빛나는 세상에서
우리는 아날로그의 시대를 그리워하고 있다.
지금 이 세상을 살아가고 있는 우리는
시대를 정말 잘 타고났다.
한때는 아날로그도 겪었고
지금은 디지털도 겪지 않는가?

그래, 우리는 디지로그 세대다.

+ 디지로그란 디지털과 아날로그의 합성어

바보

바보처럼
셈에도 약하고
욕심에도 없고
가지는 것보다 주는 것에 익숙한 사람
나보다 남에게 더 신경 쓰고, 자신이 늘 어리석다고 생각하는 사람
단단한 주먹보다 감싸는 보자기를 닮은 사람
주변에 있을까요?
우리는 때론
그들을 그리워하고
그들처럼 살고 싶어 한다.

바보 없는 이 세상
바보처럼 살고 싶다.

버티는 삶이란

호수 위에서 가장 우아한 몸짓으로
유유히 유영하는 백조의 발은
그렇지가 않다고 한다.
물 위에 떠 있기 위해
물갈퀴가 달린 발을 끊임없이 움직인다고 한다.
우리도 그렇다.
늘 맨 앞에서 앞서가는 사람도
그 사람 바로 뒤에서 잘 나가는 사람도
그저 그렇게 사는 사람도
저마다의 방법으로 열심히 버티는 것이다.

삶은 모두 버티는 것이다.

감기

콧물이 나서 병원에 갈 일이 있었는데
의사 선생이 하는 말이 아주 기가 막힌다.
감기 걸리면 낫는데 보통 2주가 걸리는데
약을 먹으면 14일이면 낫는다고 한다.
웃으라고 한 얘기인지,
진심으로 한 얘기인지는 몰라도
답은 나왔다.
그냥 쉬는 거
그냥 아무것도 하지 않고, 집에서 푹 쉬는 게 약인 거 같다.

딱히, 감기엔 약이 없다.

좋은 선물

아침에 출근하려고 옷을 고르는데
입고 가라며 아내가 빨간 스웨터를 내민다.
그런데, 아내는 그냥 돌아서는데
스웨터가 이런 말을 건넨다.
녹음 기능이 없는
그냥 스웨터였는데도 말이다.
"따뜻하게 안아줄게요."

좋은 선물은
좋은 말을 합니다.

결국엔

비를 좀 맞으면 어때?
바람불면 마를 텐데 뭐.

다른 길로 좀 가면 어때?
다른 풍경 보면서 가면 되지 뭐.

늦잠 좀 자면 어때?
오늘은 오랜만에 뛰어보지 뭐.

뜻대로 되는 건 없어.
조급하게 생각하지 마.
이럴 땐, 마음 푹 놓고 가는 거야.
결국 우린
어딘가에서 모두 만나게 되어있으니까.

테니스공

우리가 알고 있는 공 중에
가장 매끄럽지 않은 공, 테니스공
테니스공은 왜 매끈하지 않고 보풀이 나 있는 걸까?
어떤 공은 조금, 어떤 공은 또 많이
그 보풀에는 쓰임새가 있다고 한다.
보풀이 적고 많고 따라 테니스 매트에 닿는 각도가 다르다고 한다.
어떨 땐 보풀이 많은 놈을 쓰고, 어떨 땐 적은 녀석을 쓰고
개인의 라켓이나 기구로 쓰임새를 조절하겠지만
결과를 만드는 데 있어선
보풀의 유무는 꽤 많은 부분을 차지한다.

아주 작은 차이가
매우 큰 차이

똥 쌀 때 읽는 책

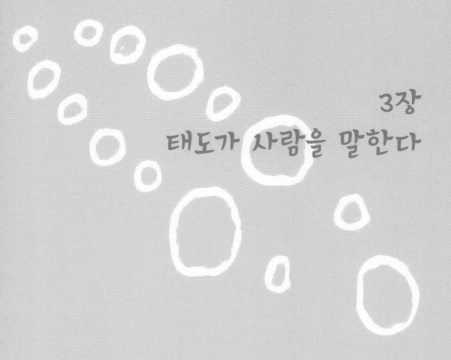

3장
태도가 사람을 말한다

별명

피부가 까매서 - **깜시**
입술이 두꺼워서 - **낙타**
온 동네 개들이 다 따라다녀서 - **개아범**
늘 오백 원밖에 없어서 - **오백 원**
아랍인처럼 생겨서 - **사우디**

생각해보라.
성격이 너무 완벽하다거나 혹은 너무 사나워서
다가가기 힘든 친구 혹은 범접하기 힘든 동료에게는
그럴듯한 별명이 없었다.
약간의 흠이나 모자람이 오히려 사람을 더 친하게 만든다.

좋은 사람은
좋은 별명을 선물 받는다.

난 한 놈만 팬다

인생을 살다 보면
주위 사람 모두에게 친절하고 잘하는 사람이 있다.
그에 비해 나는
내가 좋아하는 사람들
나를 좋아하는 사람들한테만 잘한다.
그래서, 혹은 성격이 이상하다는 말을 듣기도 하고
성격이 못됐다는 말을 자주 듣기도 한다.
하지만, 나는 후회하지 않는다.
나는 지금 잘살고 있으니까.
너무 친절하게 너무 애쓰고 살지 않아도
인생, 잘 살아진다.

싸움에도
한 놈만 잘 패면 이기는 거라는 말도 있지 않은가.

힘

잘하고 싶으신가요.

내 것으로 만들고 싶으신가요.

툭, 툭

온몸에 꽉 들어차 있는 힘부터 빼보세요.

굳어 있는 몸에 힘을 빼는 순간

마음속으로

다짐 속으로

놀라운 힘이 빨려 들어올 거에요.

가볍게 던진 공이

힘주어 찬 공보다

더 멀리 가는 사실을 떠올려보세요.

가벼움 속에는

상황을 바꾸는 힘이 들어있다.

자존감

일요일 아침마다 손톱을 깎으며, 바닥에 떨어진 손톱을 다듬을 때
나는 나의 자존감을 느낀다.
차를 타고 운전을 하며 창문을 열어 팔꿈치를 올릴 때
나도 모르는 나만의 자존감을 생각한다.
누군가에게 보여지는 내가 중요한 것이 아니라
내 안을 들여다보고, 아주 작은 것에서 나를 찾아보는 것
누구보다 자존감은 자신이 제일 잘 안다.
내가 하는 모든 일, 남들에게 보여지는 모든 것
겁이 없이 할 수 있는 것이다.

**나의 멋은
내가 제일 잘 안다.**

+ 방송인 홍진경의 자존감을 높이는 방법을 듣고

행동유발(오션월드 광고 中)

오션월드~
답답한 현실은 잠깐만, 노션
자신을 완전히 꺼내서, 액션
지루한 일상의 완벽한, 솔루션

여기서 핫하게 뽐내봐, 패션
뜨겁게 썸 타는 커플은, 옵션
여기서 확실히 노는 게, 포지션
우리들의 여름 미션

오션월드~
기분을 끝까지 올려봐, 텐션
폼나게 힙하게 움직여, 모션
엄청난 스릴을 즐겨봐, 어트랙션

올여름 놀라운 판타지, 픽션
걱정 마 뛰어봐 물속은, 쿠션
이렇게 노는 게 진짜야, 센세이션

우리들의 여름 미션

DDB코리아에 있을 때,

광고주가 요즘 유행하는 언어로 자극성이 느껴지게 만들어 달라는

얘기를 할 때 랩은 아니지만, 소비자들이 쉽게 흥얼거릴 수 있는 게

없을까 고민하다 만들어진 카피다.

그래도, 이 광고 안에는

브랜드가 있다.

행동유발이 있다.

들썩거림이 있다.

그냥 요즘 광고라고 하기엔 필요한 말들이 모두 들어있다.

장애인올림픽

기록을 위해 뛰는 것이 아닙니다.
메달을 위해 뛰는 것도 아닙니다.
오직,
이 겨울을 사랑하고
나의 스포츠를 즐기기 위해 뛰는 것
지는 것도, 실패하는 것도
우리에게는 모두 이기는 것입니다.
"승리했다"의 반대말은
"패배했다"가 아니라
"충분히 즐기지 못했다"가 되니까요.

장애인올림픽 2

차가운 얼음 위에 떨구어진
뜨거운 땀방울을 보며
우리는 알았습니다.
승리와 패배를 나누는
메달의 색깔은
결국, 색깔이 아니라는 것을
그리고, 승리는 꼭 이기는 자만의 것이 아니라는 사실을
세상에서 가장 값진 메달은
이 겨울과 스포츠를 즐기고 사랑하는
모두의 열정이라고

태도가 사람을 말한다

1997년쯤이었다.

아버지가 잘하고 계시던 사업을 접고 식당을 오픈 한 적이 있다.

식당의 규모는 꽤 컸고 일하는 사람들도 꽤 있었다.

오픈하고 가게가 너무 잘 되어서 집에서 병간호하던 나도 식당으로 출근했다.

내가 하는 일이라고는 전단지 돌리기.

얼마나 열심히 돌렸겠는가.

처음 보는 사람에게 친절하게 맛있다, 먹어보았다, 꼭 와보시라.

죽전 지역의 아파트가 처음 지어질 때였다.

새 아파트를 다니며 인사하고 소개하고 또 인사할 때다.

내가 만나 인사하고 전단지를 돌렸던 사람들이 대부분 인근의 식당 주인이었다.

얼마나 믿음직하게 보였을까? 그렇게 성실할 수가 있을까?

보통의 전단지 알바생들과는 차원이 달랐겠지.

자기네 식당 알바인데 허투루 했겠냐고.

그 사이 하나둘씩 받은 명함이 쌓였고 나의 임금은 보통보다 서너 배는 높았다.

나는 이미 업계에 소문이 났다.

장난처럼 시작한 전단지 알바생이지만 나의 가치는 꽤나 컸다.
서로들 데려가려고 안달이었으니까 말이다.

태도가 얼마나 중요한가?
업계의 대표들은 어떤 일을 하고 해보지 않고는 중요치가 않다.
태도를 보고 그 사람의 모든 것을 결정한다.

지문

과다한 스마트폰 사용으로 인해
대화가 사라지고 있다.
사람들은 점점 혼자 놀기를 좋아하고
스마트폰이 없으면, 무기력해지고 불안해한다.
그보다 두려운 것은 스마트폰으로 인해 사라질
내 손바닥에서 사라질 내 손가락의 지문이 아닐까.
그보다 사람과 사람이 만나 정을 함께 나누는
진짜 세상 아닐까?

사랑이란

상실의 아픔을 겪은 영혼만이
자신의 내면에서 울리는 정직한 목소리에
귀 기울이는 능력을 갖출 수 있는 것이다.
그러한 자기성찰의 과정을 거치고 나면 그 사람을 떠나 보낸
그 속으로 엄청난 힘으로 빨려 들어오는 무엇인가가
나타나기 마련이다.
종교이든, 학문이든, 일이든, 아니면 또 다른 사랑이든
그것은 전적으로 자신이 선택할 문제이긴 하겠지만
사랑 때문에 아파하지 말기를….

+ 고등학교 다닐 때 선생님이 나에게 주신 쪽지에 쓰여 있던 짧은 문구인데 지금은 다 까먹
은 글인데 한번 떠올려보면 써봤다. 물론, 내가 드문드문 다시 고쳐 쓴 글이겠지만 고맙습
니다. 그리고 그립습니다. 선생님

올림픽

어느 나라 역도 선수가
몇 킬로그램을 들어 우승했는지
어느 나라 하키팀이
금메달을 땄는지
스타 선수가 없는 스포츠 경기에서는
누가 몇 점을 올렸는지, 그 점수의 가치는 어찌 되는지
대한민국 선수, 대한민국 팀이 아니면
우리는 잘 모릅니다.
이제 꼭 제대로 보세요.
세계는 하나, 축제는 하나니까요.

솔직히 말해, 올림픽은 국가 간의 대결이 아닙니다.
선수 하나하나가 자신의 꿈을 이루기 위해 경쟁하는 것이죠.
국가는 그저 거들뿐 달리고 뛰는 건 국가가 아닙니다.

소녀

앳되어 보이는 소녀가
목발을 짚고 걸어가는데
다리 하나가 없다.
측은한 마음이 드는데도
그냥 지나치려 할 때
소녀는 아주 예쁜 구두를 신고 있었다.
다른 한쪽은
가슴 한쪽에 신고 왔겠지.

소녀는
소녀였다.

노랑풍선 광고 中(카피는 광고와 다를 수 있습니다)

알찬 패키지 여행이 편하다는 **너랑**

한곳에서 쉬는 여행이 편하다는 **나랑**

그래서 둘의 선택은 **노랑**

당신의 생각을 아니깐

너랑 나랑 노랑

나를 아는 여행 친구

노랑풍선의 이미지를 확장하려고 노력한 광고입니다.

직판여행의 이미지가 너무 깊이 박혀 있어서 그런 생각들을 바꿔주고

싶었습니다. 저가의 패키지 여행뿐만 아니라 한곳에서 길게 볼 수 있

는 자유여행도 모두 가능하다는 확장 개념의 카피를 개발하기 위해

노력했던 광고입니다.

너랑 나랑 노랑

여러분에게 이 기업은 더 넓은 이미지로 확장이 되었나요?

옴니 광고 中(카피는 광고와 다를 수 있습니다)

롯데에서 옴니를 하면
싱글남들은 참 가벼워집니다.
적립을 안 해도 적립되니까
옴니 해본 적 옴니?
옴니로 산다.

오래전부터 롯데 쇼핑은 크고 거대한 그들의 단단한 유통망을 하나로 묶어서 누구나 싶게 부르게 하고 싶은 욕심이 있었다.
그래서 탄생한 단어, 옴니.
이 어렵고 낯선 '옴니'라는 말을 소비자의 언어로 해석하려고 노력했던 시리즈 광고이다.
누군가의 입에서 툭 튀어나온 말이지만 '옴니'와 '없니'를 하나로 묶었던 카피.
카피라이터로서 참 많이 배운 광고였다.

옴니 해본 적 옴니?

지하철 브레이크

운전하다 보면 참 많이 보입니다.

뒤에서 달려와 앞에 있는 차를 박는

사고 같지도 않은 사고

어떤 사고는 그냥 죄송합니다. 한마디면 끝날 작은 사고이기도 하지만

어떤 사고는 인재 사고를 동반한 큰 사고이기도 합니다.

전기차가 많아지고, 디지털 세상이 곁에 온 걸 각성하지만

우리에겐 결코 쉽지 않다.

지하철 브레이크를 만들자.

모든 차가 천천히 미끄러지듯 정지하는 그런 지하철 브레이크

기아야, 현대야

그 정도는 할 수 있잖아.

공부를 뒤집어라

아이의 공부를 뒤집는다는 것은

아이의 공부가 새롭다는 것

공부습관을 뒤집고, 엄마의 잔소리를 뒤집고, 학교성적을 뒤집는다는 것

따분함은 호기심이 되고

호기심은 다시, 자신감이 되게 하는 것

뒤집을수록 더 놀라운 것을

만들 수 있기에

아이의 공부를 위해

제대로 뒤집겠습니다.

공부를 뒤집어라.

+ 공부의 커리큘럼이나 준비 체계가 세상의 것들과 다르다고 확신한다면 이런 식도 어프로치
는 어떠한가? 기존의 학습법을 뒤집을만한 아직 세상에 없는 체계적인 공부방법이라면 누
군가는 이런 광고를 들고 세상에 나왔으면 좋겠다. 충분히 돈 받지 않고 도와드리고 싶다.

구증구포

경지에 다다랐음을

말해주는 숫자, 九

수천 년 동안 완벽함을

상징해주는 숫자, 九

모든 자동차가 생각하는

가장 높은 곳에 있는 숫자, 九

그 극진의 정성으로 찌고 말리기를 아홉 번

구증구포

왜 그토록 이런 정성이 필요할까? 왜 하필 아홉 번일까?

아홉에는 어떤 수도 넘지 못하는 특수한 힘이 있는 것은 아닐까?

아홉에는 시간을 넘어선 초연의 기운으로

고귀한 기품을 선사하는 힘이 있는 것은 아닐까?

오디션

남들에게 보여주는 오디션이 아니라
나에게 보여주는 오디션을 해보자.
잘못하거나 실수하면 다시 해보면 되고
잘하면 나만의 개인기가 되니까.
숨은 나를 발견하세요.
나의 가치를 찾아보세요.
실패하면 좀 어때?
실패할 때마다
당신은 당신을
조금씩 알아가잖아요.

종무식에서<small>(종무식 영상의 카피 중 일부)</small>

일 년 내내 혹한기 훈련이었습니다.
누구도 예외가 없었습니다.
수고하셨습니다. 내년엔 봄부터 찾아옵니다.

일 년 내내 기러기아빠였습니다.
희망과 늘 떨어져 있었습니다.
수고하셨습니다. 내년엔 희망과 상봉합니다.

일 년 내내 가시방석이었습니다.
약 발라 드리겠습니다.
수고하셨습니다. 내년엔 돈방석이 될 겁니다.

일 년 내내 소화불량이었습니다.
손 따드리겠습니다.
고생하셨습니다. 내년엔 뷔페 쏘겠습니다.

에스프레소같이 쓴 날이 많았습니다.

수고하셨습니다.

내년엔 카라멜에 시럽까지 넣어드리겠습니다.

일 년 내내 고3이었습니다.

올해만 가기를 기다렸습니다.

수고하셨습니다. 내년엔 나이트 보내드리겠습니다.

일 년 내내 희망이 바닥을 쳤습니다.

더 내려갈 곳이 없어서….

수고하셨습니다. 내년엔 절망이 바닥을 칠 겁니다.

일 년 내내 4주간의 조정 기간이었습니다.

수만 가지 생각으로….

수고하셨습니다. 내년엔 사랑하게 될 겁니다.

일 년 내내 롯데자이언츠였습니다.

PT, 이길 때보다 질 때가 많았습니다.

수고하셨습니다. 내년엔 SSG처럼 될 수 있습니다.

일 년 내내 취급 주의(FRAGILE)였습니다.

무너질까 봐 깨질까 봐….

수고하셨습니다. 내년엔 더 단단해질 겁니다.

수년 전 회사 종무식 행사에서 카피라이터 막내였던 저에게 한번 써 봐 라고 해서 썼던 카피 일부입니다.

그 해는 이 회사뿐만 아니라 거의 대부분의 광고대행사가 경기침체를 겪었고 우리 회사는 PT 현장에서 수많은 고배의 쓰디쓴 물을 마시는 일이 많았습니다.

그 해는 이뿐만 아니라 좋지 않은 일의 연속이었습니다.

종무식에서 내년엔 힘내보자는 의미로 쓰인 글인데 생각이 나서 꺼내 봅니다.

봄, 희망, 기적, 마법, 행운, 명성, PT….

기다리지 않아도 오고, 기다림마저 잃었을 때도 너는 온다.

꼭 오고야 만다.

책 읽기

책 읽기는 **경험**이다.
내가 해보지 않은 일, 할 수 없는 일을 경험하게 한다.

책 읽기는 **선택**이다.
인생은 선택의 연속이고 책을 통해 더 올바른 선택을 할 수 있다.

책 읽기는 **계발**이다.
책 읽는 사람을 바꾸고, 생각을 바꾸고, 인생을 바꾼다.

책 읽기는 **친구**다.
전혀 해보지 않은 세상으로 나를 이끈다.

책 읽기는 **발견**이다.
한 번도 보지 못했던 것을 새롭게 발견하게 한다.

책 읽기는 **반가움**이다.
그 시대를 보고 새롭게 읽게 한다.

책 읽기는 **향기**이다.
읽을 때마다 그 시절의 향수가 나타난다.

수리수리 마하수리

어느 하수처리장에서 회사를 새롭게 이끌어 갈 하수처리장 네임을
부탁받은 적이 있었다.

주문을 걸 때나 소원을 빌 때 하는 이 재미있는 말을 이용해보면 어
떨까?

수리(Souire)는 불어로 미소를 뜻하고 또, '수리수리'에서 오는 어감은
물, 하천을 상징하기 쉽고, 하수처리장이니까 한 번 더 '하수리'를 강조
하면 얼마나 좋을까?

신비한 주문처럼
맑은 물을 계속 뿜어내는 프로젝트!

세상을 가깝게 하는 기술

대한민국 통신사들이 속도를 경쟁하는 동안
사람이 편해진 것도 있지만, 오히려 사람들이 더 외로워졌다.
얼굴을 마주하는 시간이 줄었고, 대화를 나누는 공간이 줄었고
세상과 마주하는 자세도 줄었다.
이제는 '속도'의 기술을 '함께'의 기술로 바꿔야 하지 않을까?
시간과 공간을 넘는 기술로
사람과 사람의 거리를 더 좁혀야 하지 않을까?

다 같이 '함께'를 먼저 이야기하는 통신사가 있다면
나는 거기에 한 표를 주겠다.

타투 (네이버 옛날신문 성형 편 참고)

과거는 묻지 마세요.

오늘의 나는 어제의 내가 아니랍니다.

옛날 사진 찾느라 애쓰지 마세요.

아마추어같이

더 예뻐지는 게 뭐가 나쁘죠?

마음이 중요하다구요?

네, 맞아요.

자신감이 생겼어요.

매사에 긍정적이 되더군요.

남들한테 피해 준 것도 아닌데

더 이상 뭐라고 하지 마세요.

나의 팔뚝엔 내 생일 겸 와이프 생일을 기념하기 위해 새긴 꽤 큰 타투가 있다. 예쁘지는 않지만 자랑스럽지는 않지만 부끄러울 것도 없다. 부끄러운 건 따로 있다. 출세를 위해 학력을 위조하는 학력 성형, 위장전입을 조성하는 주소 성형, 이런 것들이 세상을 추하게 만드는 성형이 아닐까?

세상에 안 아픈 사람이 어딨냐?

세상에 안 아픈 사람이 어딨냐?

길을 가는 사람들만 자세히 들여다봐도 알 수 있다.

다리를 조금 저는 사람

발목이 불편한 사람

시력이 안 좋은 사람

등이 굽은 사람

코가 삐뚤어진 사람

말을 더듬는 사람

약을 달고 사는 사람

안경 쓴 사람

건강한 사람들 사이사이에 숨어있는 많은 사람들

꼭, 너 혼자만 아픈 게 아니야.

나도 예전에 얻은 뇌졸중 때문에 다리가 조금 불편한데

아프지 않은 사람이 어딨냐?

좋은 일과 나쁜 일

좋은 일을 경험했다면
그것은 멋진 일

나쁜 일을 경험했다면
그것은 경험

그녀도 주부다

그녀는 전통시장 특산물을 팝니다.

처음엔 그냥 행사처럼 팔았죠.

하지만, 내가 직접 먹어보니까 참 좋은 상품이더라구요.

전통시장 살리기라는 거창한 의미보다

진짜 저렴하고 좋으니까.

그녀도 판매원이기 이전에 한 가정의 식탁을 책임지는 주부니까.

이제, 그녀가 먼저 바른 먹거리를 찾은 주부님들께 추천합니다.

함께 사는 이 세상이 더 풍요로울 수 있도록

이미, 그녀는 스스로부터 변화하고 있습니다.

+ 집사람 심부름으로 마트 갈 일이 있어서 동네 마트에 갔는데 어느 주부 한 분이 먹거리를
  추천하고 있었다. 그녀를 보고 이런저런 생각이 났다. 그녀는 정말 좋은 것만 팔 것 같았다.

일하는 것

회사에 다니다 보면 누구나 다 스타가 되고 싶고

잘 나가는 직원이 되길 희망한다.

회사에 인원을 100명쯤으로 예상해보자.

이 중에서 회사의 미래를 만들고 비전을 제시하는 사람은

몇 명쯤 될 것 같나?

두 명이다. 이 두 명이 회사 전체를 이끌어간다.

그럼 나머지는 98명 중 20명 정도가 쓸짓하는 사람들이다.

회사에서는 내보고 싶은 사람들이다.

그리고 나머지 사람들끼리 1등이 되려고 으르렁거리는 거다.

어느 회사나 그룹이나 마찬가지다.

그러니,
　　힘 빼기 말아라.

술은 다르다

마음과 마음은 참 어렵다.

다가서는 발로도, 마주하는 입으로도 전해지지 않는 마음이 있다.

그래서, 대화가 제일 어렵다.

사람이 제일 어렵다.

그런 풀리지 않는 어려운 이야기가 있다.

하지만, 술은 다르다.

술이라면 전해지는 마음이 있다.

말하지 않고 술만 마셔도 풀리는

술만 마셔도 전해지는 그런 것들이 있다.

오늘 저녁엔 술을 꼭 마셔야겠다.

몸에 안 좋은 사람

팀장님, 오늘 주꾸미 어떠세요?
난 주꾸미 싫어…

그럼, 김치찌개는요?
난 그닥….

된장찌…?
별루야.

홍삼이 더 몸에 맞으시던가요?
녹용이 몸에 잘 받으시던가요?
아무리 몸에 좋다는 음식도
효능이 뛰어나다는 약도
내 몸에 맞지 않을 때가 있다.
아무리 먹어도 잘 안 들고
오히려 역효과만 나게 하는 그런 것들
사람도 그렇다.

아무리 잘하려고 해도

예뻐 보이려고 노력해도

나는 안중에 없는 사람

나는 늘 뒷전인 사람

그럴 땐 더 애쓰지 말자.

처음부터 나랑은 영원히 맞지 않는 사람이다.

그냥 몸에 받지 않는 약을 끊는 것처럼

안 맞는 약을 남에게 툭 줘버리는 것처럼

저 멀리하면 된다.

애쓰지 마라.

나랑 안 맞는 사람은 절대 안 맞다.

일본

회사에 다닐 때 사무실에 팀원 여럿이 모여

일본에 관한 이야기가 이어질 때, 누군가가 나를 보여 말한다.

일본에 대한 인식이 한창 좋지 않고 내가 아주 오래된

작은 일본 소형차를 타고 있을 때다.

"저놈, 일본 차 타요."

"저놈은 예전에도 일본 차 탔어요."

"일본이 어떤 나라인데 그럴 수 있느냐."

"매국노 같은 놈."

"나라가 사정이 어떤데 그럴 수 있냐."

그때, 내가 조용히 한마디 했다.

형들은 플스 안 해요?

위닝 안 해요?

+ 플스란 일본기업 소니에서 만든 유명 게임기, 플레이스테이션을 말하며 위닝은 플스에서 가
  장 인기가 좋은 스포츠 게임이다.

고모와 이모

고모가 주는 사랑은 직접적이다.
이모가 주는 사랑은 간접적이다.

고모의 사랑은 갑자기 들어와서 툭 하고 친다.
이모의 사랑은 슬며시 들어와서 툭 놓고 간다.

고모의 사랑은 시끄럽다 아니 떳떳하다.
이모의 사랑은 잔잔하다 아니 얌전하다.

고모의 사랑은 아버지 앞에 있다.
이모의 사랑은 어머니 뒤에 있다.

고모와 이모가 주는 사랑,
형식은 전혀 다르다.
깊이는 모두 같다.

사과

볼 일이 있어서 출장으로
대구에 갔는데
동대구역에 딱 내리자마자
확 느꼈다.
그곳에서 만들어진 사과의 엄청난 효능을
엄마의 옛말이 맞았다는 것을
지나가는 여자들이 죄다 아니, 전부
미인이었다.

사과가 미인을 만든다는
엄마의 말에 진짜 **사과**드립니다.

척

어른인 척
직장인인 척
학생인 척
상사인 척
좋은 아빠인 척
좋은 엄마인 척
좋은 아들인 척
좋은 딸인 척

진짜 힘들면 척이라도 해보자.
척이라는 단어에는
노력이라는 의미가 숨어있으니까.

여행의 즐거움

여행에서 가질 수 있는 즐거움은

지금 계획하는 여행의 거리에 제곱하면 된다는 말이 있다.

그럴 수 있다.

하지만, 나는 아니라고 생각한다.

여행은

혼자일수록, 외로울수록

미치게 철저하게 눈물 날수록

더 잊혀지지 않고, 가슴에 깊이 남는 여행이 있다.

나는 그런 여행을 더 좋아하는 사람이다.

여행의 즐거움을 그렇게 묶지 않았으면 좋겠다.

똥 쌀 때
읽는 책

4장
박수가 필요해

구직과 만족

누구에게나
구직 100%는 오히려 쉽다.

누구에게나
만족 100%가 오히려 어렵다.

구직 100%를
목표로 하는 사람은 없다.

만족 100%를
목표를 잡고 간다.

잘 생각해보면
구직은 어렵지 않다.
만족이 어렵다.

용서와 용기

절대 할 수 없을 것 같은 용서와
이쯤은 해줄 수 있는 용서는 무슨 차이일까?
이해심의 차이가 아니라, 너그러움의 차이가 아니라
용기의 차이다.
용서할 수 있을 만하니까 하는 용서는 없다.
용서할 수 있다는 용기를 통해서
용서하는 것이다.
용기를 가지고 상황을 뒤집으면 용서가 되는 것이다.

용서와 용기는 동전의 양면이다.

숭례문 -네이버 옛날신문 中 -

차라리 잘됐다.
내가 얼마나 어렵게 만들어졌는지
내가 얼마나 소중한지, 내가 얼마나 고독했는지, 당신이 알게 되어서

600년 전, 나는 열렸다.
내 가랑이 사이로 나라가 열리고, 세상이 열렸다.
내 가랑이 사이로 임금이 지나가고 사신이 지나가고,
양반이 지나가고, 역사가 지나갔다.

하지만, 언젠가부터 아무도 찾지 않았다.
나는 문이 아니라 벽이 되었다.

예(禮)를 숭상(崇尙)하는 문, 숭례문
예보다는 돈을 숭배하는 도시에 외딴 섬으로 고립돼 버린
600살 먹은 노구
사람들은 방화라 말하지만, 나는 분신이라 말하고 싶다.

그래도 너무 미안해 마라.

태어난 지 600년 만에 사람들에게서 꽃을 받아봤으니까.

그리고 여전히 나는 대한민국 국보 1호니까.

+ 대한민국 국보 1호, 숭례문 앞에 어디 "차라리 잘됐다"라고 말한 선배 카피가 있었다. 숭례
문이 무너졌는데 처음 문구가 잘됐다니 조금 올드한 생각으로 판단했다면 욕을 먹어야
할지도 모르겠다. 카피는 그렇다. 무언가를 비틀고 뒤집을 때 카피는 시작된다. 참 부럽다.
참 부끄럽다. 어찌, 감히 이런 카피를 쓸 수 있는지.

보드게임

당신은

용맹하고 과감한 지략가를 꿈꾸는가.

꾀와 술수로 반전을 노리는 이인자를 꿈꾸는가?

혹은 떨어진 먹잇감만을 찾아다니는 하이에나로 살 것인가?

대결 앞에 피 끓었던 승부사들이여

올해, 어디 한 판 신나게 겨뤄보세.

승리의 여신은

과연, 누구의 편인지.

보드게임을 좋아해서 회사를 옮길 때마다
보드게임 동호회를 만들고, 그들과 일주일에 한 번씩
치기 어린 게임을 하며 스트레스를 날렸던 적이 있었다.
지금 돌아보면 회사에서 업무를 한 기억보다
함께 모여 게임을 즐겼던 이 짧은 시간이
더 애틋하고 또 만나고 싶다는 생각을 해본다.

세상이 춥니?

세상이 참 춥다 느껴질 땐

강원도로 가는 열차를 타자.

사북 지나고 태백 지나, 작은 시장이 보이는 역에서 내리자.

그때가 어둑해진 밤이 되면 더욱 좋겠지….

노란 불이 자그맣게 켜진 치킨집에 들러서

호프잔 신나게 비워라.

그러고 나오면 바로 뒷집이 허름한 여관일 게다.

모르는 여자와의 뜨끈한 하룻밤이면

더욱 좋겠지….

아침에 눈 뜨고 찬 바람 맞으며

서울로 가는 기차를 기다릴 때는

네가 느끼는 추운 세상도 그럭저럭해질 것이다….

어학연수를 떠나는 날

가장 먼저 눈이 붉어진 사람은 아버지였다.

주섬주섬 옷가지를 주워 입고 마중 나오시는 듯하시다.

엘리베이터 문이 닫히려 할 때, 다시 들어가려 애쓴다.

나는 보았다.

붉게 물든 아버지의 그 눈을 보았다.

그리고, 다시 엘리베이터가 닫혔다.

단절….

동생이 차를 가지러 간 사이 아파트 꼭대기 우리 집 창문으로

아버지가 나타났다.

나는,

나는 눈이 뜨거워져 참을 수 없었다.

괜스레 부끄럽다는 생각이 들어 지나가는 차에 신경을 돌렸다.

몸이 아파서 군대도 못 간 아들 녀석이

캐나다로 어학연수를 떠난다고 하니

아버지는 안타까우셨나 보다.

부모와 자식의 차이

부모는 자식을 키우고 살아오면서
자식들이 한 예쁘고 잘한 것들만 기억한다.
그러나, 자식은
부모 밑에서 크고 잘아가면서
자식 스스로 엉망이고 못했던 것들만 기억한다.

부모와 자식은
그런 잘못된 기억력에서부터 반대로 만들어져 있다.
이번 기회에는 좀 잘하자.

명절

'바쁜데 오지 말아라'
'나는 괜찮다'라는 엄마의 말은 거짓말이다.
'차 막히는데 뭐하러 와'
'아부지도 편하게 쉴란다'라는 아버지의 말도 엉터리다.
절대 믿지 않아야 한다.

짜증이 없어요.
지루함도 없어요.
아무리 멀어도
아무리 오래 걸려도
늘 웃음꽃이 넘쳐나는 길, 우리의 고향길
다가오는 명절에도 반가운 분들과 뜻깊은 명절 맞으세요.

롯데자이언츠

수년 동안 정말 진실하게 좋아했다.

어린이 회원부터 철저하게 사랑했다는 표현이 더 어울리겠다.

하지만, 그들은 어떤가?

봄에만 좀 하고 여름, 지나 가을 오면

그들이 가진 특성을 마음껏 보여주고,

순위권 밖으로 하염없이 사라진다.

해마다 꼭 같은 선수들의 플레이와 경기 구성, 선수단 운영….

8월쯤 시즌 하반기가 되면 팬들도, 의식도, 자신감도,

수많은 노래와 열정도

아무것도 없이 그냥 사라진다.

그냥 다 허망해진다.

한 선배가 내게 이런 말을 던졌다.

야, 놓아줄 때가 되면 놓아주어야 한다.

그때, 알았다.

내려놓으면

아주 편해진다.

우리는 모자랍니다

우리는 늘 모자랍니다.

태어나서 부모 앞이 그렇고, 학교 다니며 배움을 할 땐 선생님 앞

자라서 군대 가서는 상사 앞, 그리곤 회사에선 수많은 선배들 앞

우리는 늘 모자라고 짧습니다.

그 모자람 때문에 우리는 부끄러움을 느낍니다.

부모님 앞에, 선생님 앞에, 선배 앞에, 상사 앞에 한없이 부끄러움

그 부끄러움이

세상을 살아가게 하는 힘입니다.

인생에 있어서
우리는 늘 모자랍니다.

커피와 담배

커피와 담배의 효과는 아주 강하다.
새로운 생각을 떠올리게 하고
잠을 떨쳐낼 수도 있으며
전혀 새로운 기분으로 바꿔주기도 한다.
그러나, 그 효능은 길지 않다.
그들이 가진 단점도 무수히 많다.
자, 우리만의 무기를 만들자.
담배, 커피와 같은 기능을 할 수 있는
나만의 건강한 카페인을 만들자.
몸에 좋은 강력한 니코틴을 만들자.
집중력을 높이는 알코올을 만들자.

날은 많다

꼭, 2월 14일 아니어도
마음을 표현할 수 있는 날은 많다.

꼭, 5월 8일 아니어도
감사를 전할 수 있는 방법은 많다.

꼭, 12월 24일 아니어도
사랑을 나눌 수 있는 기회는 많다.
일 년은 365일이다.

친절하게, 미소로, 눈웃음으로, 두 발로, 두 손으로
다가가는 방법은 아주 많다.

뭐, 그리 쉬운 일은 아니지만

인생은 길고
　　순간순간은 많다.

무슨 날 몇 시 몇 분

"언제 밥 한번 먹자."
"다음에 연락할게."

그래 놓고
언제 밥 한 번 드신 적 있으십니까?
다음에 전화한 적 있으십니까?
이제, 날짜를 정하고 시간부터 만드세요.
무슨 날 몇 시, 몇 분.

상대방이 당신을
다시 보게 될 테니까요.
기약 없는 미래는 약속이 아니니까요.

딱 좋다

아버지의 퇴근 시간이 **딱 좋다**.
엄마의 귀가시간이 **딱 좋다**.
내 친구의 걸음걸이가 **딱 좋다**.
부장님의 외근 복귀시간이 **딱 좋다**.
큰 형의 취침시간이 **딱 좋다**.
너무 빠르지도
너무 늦지도 않은 이 시간이 **딱 좋다**.

세상은 디지털로 너무 빨라졌다.

이중인격

나쁘기만 한 걸까요.
소심한 남학생이
어느 날 짝사랑하던 여학생에게
대범하게 고백한다면
그게 나쁜 걸까요.
사람은 누구나 반전하는 능력이 있습니다.
그래서, 우리 앞에 닥친 어떤 상황도
반전시킬 수 있는 힘이 있습니다.
반전은 전반을 뒤집은 말이라고 하잖아요.
전반, 지나고 반전을.

소주 한 잔

소주 한 잔 하자는 말 속에는
"오늘 함께 있고 싶다" 혹은
"너와 이야기하고 싶다" 혹은
"이 분위기를 나누고 싶다" 혹은
"오늘은 시간을 잊고 싶다" 쯤이 있는 것 같다.

누가 소주 한 잔 하자고 말할 땐
무슨 일이 있어도 맞이해줘야 한다.
친한 친구든, 가족이든, 그냥 사람이든
소주의 매력은 그런 것이다.

커피 한 잔

커피 한 잔 하자라는 말 속에는
"오후를 함께 보내고 싶다" 혹은
"뒷담화 좀 하고 싶다" 혹은
"백화점 후기를 나누고 싶다" 혹은
"오늘은 시간을 잊고 싶다" 쯤이 있는 것 같다.

누군가 커피 한 잔 하자고 말할 땐
무슨 일이 있어도 맞이해줘야 한다.
친한 친구든, 가족이든, 그냥 사람이든
커피의 매력은 그런 것이다.

손 씻기와 친해지면
코로나와 멀어집니다

손을 통해 감염이 가장 많이 일어나는 코로나바이러스

30초 이상 비누로 꼼꼼히 손을 씻는 것이

코로나바이러스를 이겨내는 가장 확실한 방법입니다.

2023년 또다시 불어 닥친 코로나 위기

손 씻기와 마스크 쓰기만큼 중요한 게 있습니다.

곧 좋아질 거라는 믿음과 서로를 배려하는 말과 행동

응원과 배려의 행동 속에는

위기를 이겨내는 엄청난 힘이 있습니다.

나눔은 꿈꾸게 합니다

낡은 배낭과 오래된 등산화가

다시 생명을 가집니다.

책가방도, 신발도 부족한 아프리카 어린이들에게

꿈과 희망으로 전해지니까요.

배움이 어려운 아이에게는 책가방이라는 꿈으로

달리고 싶은 맨발의 아이에게는 신발이라는 희망으로

지금, 나눔의 진실을 경험하세요.

수많은 아이들이 희망을 기다립니다.

꿈을 기다립니다.

노담

누가 썼는지 몰라도
금연에 관한 이야기를 써보기 위해 우리 팀이
얼마나 고생했는지 나는 알고 있다.
노담.
먼저 그 어려운 캠페인을 쉽게 풀어주셔서 그리고
잘 활성화 될 수 있게 만들어 주셔서 감사드립니다.
이제, 노담은 노담을 넘어서야 합니다.
노담에서 절담으로
대한민국에서 사라지는 그날까지
흡연은 반드시 치료받아야 할 질병입니다.
아예 싹을 끊어버리겠다는 의지를 담아
절담.

노담에서
절담으로.

친환경

모두들 기술 앞에
'친환경'을 붙입니다.
하지만, 우리가 바라는 진짜 친환경이란 뭘까요?
쓰레기를 주우며 거리를 깨끗하게 하는 것이 아니라
햇살이 내리쬐는 창에서
새로운 아이디어를 떠올리게 하고
깔끔하게 정돈된 욕실에서
삶의 찌든 때를 씻어낼 수 있게 하는 것
그런 것들이 친환경이 아닐까요?

달라져야 친환경입니다.

아기가 태어나면

아기가 태어난다면
당신은 참 많은 것이 달라지겠죠.
세상의 모든 아기를 예뻐하게 되고,
아기들이 건강한 세상 속에서 살 수 있도록
더 깨끗한 먹거리를, 더 깨끗한 환경을 만드는 법까지
고민하게 되겠죠.
엄마와 아기가 함께 행복한 세상을 위해
건강한 고민을 시작하는 당신
당신은 이미 좋은 아빠입니다.
세상의 모든 아기들이
건강하고 깨끗한 세상 속에서
아무런 걱정 없이 자랄 수 있도록
자극 없이 가장 순수한 생각을 하겠죠.

나는 아빠가 못 되었지만
아빠를 준비하는 대한민국 모든 아빠를 응원합니다.

아이들

"먹을 거 없대두, 또 열어봐?"
전기세 나간다는
엄마의 잔소리에도

우리의 아이들은 앞으로도 계속 냉장고 문을
열었다, 닫았다, 또 열었다, 닫았다 하겠지.
무엇이 들어있는지 늘 궁금해하는
아이들 마음

그런 마음을 제품에 녹일 수는 없을까?

다중이(인격 장애)

개그 소재로나 영화의 주인공으로 등장하는
여러 개의 인격을 가진 자, 다중이
세상의 다중이들은 스스로를 가두려 합니다.
다정한 가족으로
논리적인 사회인으로
노래와 악기, 운동 등에 뛰어난 멀티플레이어로
그들은 정말 다재다능한 사람 아닐까요?
진정한 나를 지켜낼 수 있다는 말입니다.

다중이 2

너 자신을 알라.

소크라테스는 질문합니다.

우리는 자신을 얼마나 알고 있을까요?

누군가의 꾸짖음에, 손가락질에 열불 나고 화나세요?

누군가의 칭찬에, 박수에 날아갈 듯 좋으세요?

자신을 잘 안다는 것은 똑똑하다는 것이 아니라

쉽게 흔들리지 않는다는 말,

평정심을 오래 유지할 수 있다는 말,

진정한 나를 지켜낼 수 있다는 말입니다.

장애인

휠체어는 걷지 못하는 이가 타야 하는 장애를 의미합니다.

안경이 장애가 될 수는 없을까요?

눈이 나빠지면

누구나 착용할 수 있는 안경처럼….

생각의 시선을 바꿔

주변을 둘러보세요.

더 많은 것들이 다르게 보일 수 있습니다.

회사원인 우리도

바퀴가 달린 의자에 앉는다.

로스쿨

로스쿨 학생의 반 정도가
소득과 재산을 환산하면
월 소득 1천만 원을 넘는 고소득의 자녀라고 한다.
우리 부모님들과 세상의 어른들이
대한민국이 검사, 변호사분들께 고개를 숙인 건
그들의 재산이나 권력이 아니다.
그들이 이뤄놓은 땀과 끈기,
그리고 노력에 고개를 숙여 받들어준 것이다.
세상이 참 무서워진다.
그들과 함께 이겨나가야 하는 세상
시작하기도 전에 벌써 진 것 같다.

스마트 중독

빠져들게 하는 것도
빠져나오게 하는 것도
모두 당신입니다.
손에서 잠시만 떨어져도 불안하고
초조하게 만드는 스마트폰 중독
우울증, 거북목, 충동 조절 장애 등 수많은 부작용과
위험에서 빠져나올 수 있게 하는 것은
오직 당신의 의지뿐입니다.

뒷모습

쓴웃음이 없다.
쓸쓸한 냉소가 없다.
잔소리가 없다.
힘들고 어려운 대화가 없다.
비난이나 질책이 없다.

그래서, 우리는
리더의 뒷모습을 바라보며
앞으로 전진한다.

무게

당신은 무거운 사람입니까?
가족들 앞에서 무게 잡고
학교에서 회사에서 인상 쓰고
누구보다 근엄하고 엄한 사람입니까?
우리는 왜 무거워야 할까요.
이렇게 해봅시다.
입과 귀는 무겁고 두껍게 하되
마음가짐은 남보다 더 낮추고 가볍게
자, 얼굴에도 마음에도 김~치~

나를 낮추며
나를 오르다.

마음가짐

암을 극복한 환자에게
우리는 묻습니다.
식이요법은 어떻게 했으며, 하루에 운동은 얼마나 했는지
양약이 좋은지, 한약이 더 뛰어난지
그러나, 그보다 앞서 놓치지 말아야 할 것이 있습니다.
마. 음. 가. 짐
그가 얼마만큼의 힘으로 암을 물리쳤는지
어떤 다짐으로 그 무서운 암을 다스렸는지
세상에서 가장 강한 것은 마음의 힘입니다.

세상에서 가장 강한 것은
마음입니다.

똑같다

아내가 남편에게
짜증 냅니다.
"자기는 왜 게임만 해?"

남편이 아내를 보며
답한다.
"자기는 화장만 해?"

우리는 모두 똑같이 살아간다.

스펙 2

출신학교, 영어점수, 자격증, 해외연수
이런 것들이 쌓여
자긍심이 되고, 용기가 되고, 존재감으로 남는다고 굳게 믿는 청년들
두터울수록 이기는 거고
얇을수록 지는 거라 생각한다.
이제, 바꾸어보라고 말하고 싶다.
자긍심이,
용기가,
희망이 먼저
내 안에 쌓여
진짜 스펙이 되는 거라고

종이 위의 스펙은 버려라.

박수가 필요해

우리가 20대, 30대의 청춘들에게 할 수 있는 말은
더 열심히 해라.
세상은 원래 아프다.
숨은 시간을 잘 이용해라가 아니라
그들이 포기하지 않고, 계속 나아가게 하는 거에 있다.

박수가 필요하다.

밤과 밤

매우 추운 날 겨울 바다가 생각이 나서
남자 4명이서 속초를 간 적이 있다.
한 잔을 걸치고 장소를 바꾸기 위해 밤거리로 나왔는데

오빠,
오늘 밤 어때
아주 뜨거운 밤으로

벽에 붙은 야릇한 문구
뭔가에 홀린 듯 끌려간 그곳엔
아저씨가 밤을 굽고 있었다.

길고 짧음을 가진 우리나라의 단어
한 호흡으로 이렇게 달라지나, 어?

Thanks.

낙서처럼 쓰인 이 책을 쓸 수 있게 좁은 자리 내어준
성수동 둘레9가길. 다진테크
유찬귀 대표님께 감사의 인사를 전합니다.